**Uma oficina de pensamentos
e de criatividade**

*Jamais, ao longo da história humana, deixou-se de
reverenciar os grandes pensadores.
Graças a eles a humanidade esculpiu
seu caminho e descobriu luzes
em sua jornada pelas trevas.
Mas por que nem todos podem ser pensadores?*

*A capacidade de bem pensar é talento inato,
reservado a poucos ou constitui estratégia
pedagógica que podemos desenvolver?*

*Durante muito tempo se pensou na primeira alternativa,
mas estudos recentes e avanços das
neurociências revelam que não apenas é
possível aprender a pensar como é essencial que
saibamos dar asas e disciplinar nossos pensamentos.
Não mais se imagina uma escola que prepara
para o amanhã que não abra as portas
para uma oficina de pensamentos e criatividade.*

Celso Antunes

Direção geral Donaldo Buchweitz
Coordenação editorial Jarbas C. Cerino
Assistente editorial Elisângela da Silva
Autor Celso Antunes
Revisão Editorial Ciranda Cultural
Projeto gráfico Monalisa Morato

Dados Internacionais de Catalogação na Publicação (CIP)
(Câmara Brasileira do Livro, SP, Brasil)

Antunes, Celso
    Uma oficina de pensamentos e de criatividade /
Celso Antunes. -- São Paulo : Ciranda Cultural,
2010.

ISBN 978-85-380-1424-9

1. Aprendizagem 2. Criatividade 3. Ensino
fundamental 4. Oficinas pedagógicas 5. Pensamento
6. Psicologia educacional I. Título.

10-06006   CDD-372.24

Índices para catálogo sistemático:

1. Oficina de pensamentos e de criatividade :
    Ensino fundamental : Educação   372.24

© 2010 desta edição:
Ciranda Cultural Editora e Distribuidora Ltda.
Rua Frederico Bacchin Neto, 140 – cj. 06 – Parque dos Príncipes
05396-100 – São Paulo – SP – Brasil

1ª Edição
www.cirandacultural.com.br
Impresso no Brasil
Todos os direitos reservados.

Sumário
Primeira Parte

Capítulo I
O que é o pensamento? 9

Capítulo II
Existe uma maneira de ensinar a pensar? 13

Capítulo III
Podemos ensinar as pessoas a terem bons pensamentos?........................17

Capítulo IV
É possível montar na escola uma oficina de pensamentos?....................21

Capítulo V
Pode-se fazer em casa uma oficina de pensamentos? 25

Capítulo VI
Será que bons pensamentos conduzem a boas ações?........................29

Capítulo VII
Existe uma maneira de avaliar a evolução na capacidade de pensar? 33

Capítulo VIII
Quantos tipos de pensamentos existem? 37

Capítulo IX
Vamos fazer um teste para observar os pensamentos?........................47

Capítulo X
Como trabalhar em uma oficina de pensamentos?...............................53

Sumário
Segunda Parte

Capítulo I
O que é criatividade?..59
Capítulo II
A criatividade em nosso cotidiano.....................................63
Capítulo III
O que há em comum entre as pessoas criativas?..........................67
Capítulo IV
É possível montar na escola uma oficina de criatividade?...............71
Capítulo V
Pode-se fazer em casa uma oficina de criatividade?....................77
Capítulo VI
Existe uma boa maneira de avaliar a evolução da criatividade?..........81
Sugestões de leitura e aprofundamento..................................87

PRIMEIRA PARTE
Capítulo I
O que é o pensamento?

Todos nós sabemos o que significa "pensamento", mas sentimos alguma dificuldade em dizer "o que é pensar".

O pensamento é a faculdade de pensar, julgar, cogitar, refletir, supor. Pensar, guardando-se as devidas proporções, é mais ou menos como respirar. Estamos respirando o tempo todo, mas raramente pensamos que estamos respirando. Nunca ficamos sem pensar, mas raramente pensamos em quanto pensamos.

Nós todos pensamos, mas sabemos que é comum classificar pensamentos. Existem bons e maus pensamentos e nossas emoções acabam dando certo tom à qualidade do pensar. Pensar em amor, esperança, solidariedade, tal como pensar nas grandes obras ou nas ideias dos grandes homens, caracteriza em geral "bons" pensamentos, assim como pensar no ódio, na vingança, no mal ao outro ou pensar nos crimes e nas crises constituem em geral "maus" pensamentos. Como é evidente a possibilidade de classificar os pensamentos em bons e em maus, deve existir uma maneira de ensinar a pensar. Qual seria essa maneira?

Podemos ensinar uma criança a separar o bom do mau, o certo do errado, o que achamos bonito do que não achamos, mas será que podemos ensinar uma criança a ter pensamentos bons ao invés dos maus? Pensamentos certos e bonitos ao invés de pensamentos errados e feios?

Pode uma escola montar algo como uma "oficina de pensamentos"? Um espaço em que os alunos aprendam a pensar o bem? Será possível montar algo semelhante a essa oficina em casa? Será que, se essa oficina for possível, o bom pensamento conduzirá necessariamente à boa ação? Será que é viável acreditar que exista uma boa maneira de se avaliar a evolução na capacidade de pensar?

Os capítulos seguintes buscam respostas para todas essas questões.

Capítulo II
Existe uma maneira de ensinar a pensar?

O que um olhar primitivo e ingênuo poderia captar se pudesse ver, dentro do crânio aberto de uma pessoa, um cérebro vivo? Provavelmente, diria que o cérebro era nada mais que um pedaço de carne cinza esbranquiçada. Se nos atrevêssemos a lembrar a esse observador que aquilo que seus olhos viam era capaz de produzir pensamentos, de nutrir-se de fé e conceber o amor, certamente ele nos julgaria loucos. Não existe, entretanto, qualquer loucura nessa afirmação: qualquer pessoa que conheça razoavelmente as informações científicas sabe que dentro do nosso crânio existe um bolo de carne ao qual chamamos cérebro e que é o mesmo espaço em que os pensamentos e os sentimentos se consolidam. Parece ilógico, mas é indiscutivelmente real.

Até algumas décadas atrás, a ciência sabia que o cérebro intervinha sobre a mente e por isso existia inevitável correspondência entre um cérebro doente e uma mente insana. Não se duvidava que a amnésia, a depressão e uma série de outros transtornos eram causadas por desarranjos no cérebro e que, quando era possível curá-los, resolviam-se os distúrbios mentais, derivados deles. O que não se poderia conceber era o contrário, isto é, que os pensamentos pudessem modelar as estruturas anatômicas e que, assim, a mente, fluida e impalpável, pudesse mudar a carne. Parecia ilógico, mas é real.

Os primeiros abalos científicos sobre essa possibilidade foram trazidos por um neurocientista de respeito inabalável, Roger Sperry, o qual teorizou que não apenas o cérebro poderia mudar a mente, mas também o contrário, e que estados mentais poderiam atuar e modificar estados cerebrais, afetando a atividade eletroquímica dos neurônios. Sperry estava muito à frente de seu tempo e hoje uma imensa bateria de estudos e experimentos revela que os poderes de pensamentos devidamente orientados provocam a mudança em neurônios e, em certos casos, ajudam pacientes com transtornos obsessivos compulsivos, casos de depressão e muitos outros.

Não mais se trata de aconselhar doentes, mas de fazê-los dominar tipos de pensamentos que, modificando o cérebro, corrigem alguns de seus defeitos. Em outras palavras, a neurologia prova de maneira indiscutível não apenas que podemos aprender a pensar, mas que quando sabemos pensar, nossos pensamentos podem modelar as estruturas físicas de nosso cérebro.

Ao chegar a esse ponto, seria legítimo indagar qual a relação entre essas descobertas e a educação. A relação é colossal, pois se é possível aprendermos a pensar e se essa aprendizagem consolida mudanças em nosso cérebro, percebe-se que um novo papel começa a definir-se para a educação. Morre com tenaz resistência a concepção de ensino como transmissão de informações e se sepulta uma escola repetitiva de fatos e arquivos. Assim, começa a surgir uma ideia de ensino que eduque os pensamentos, uma escola que vai esculpir o cérebro pela ação das reflexões e meditações. Ao se aprender a pensar, não apenas se buscará ajuda para os males do cérebro, mas sua abertura para a beleza da vida, a riqueza das ideias, a educação do verdadeiro, do belo e do bom.

Vivemos tempos gloriosos de uma transição educacional.

Essa transição seguramente não é fácil. Não se trata de fazer uma palestra aos pais ou reunir professores e avisá-los que, de agora em diante, não mais repetirão conceitos ou relatarão teorias, mas que deverão se valer desses conceitos e dessas teorias para buscar a ousadia da criatividade e associação e liberdade de pensamentos. Se uma escola "novinha em folha" começa a nascer, é imprescindível que nasçam com ela novos pais e novos professores capazes de repudiar a monotonia da repetição para buscar a ousadia das ideias.

É chegada a hora de nos colocarmos à frente de nosso tempo.

Capítulo III
Podemos ensinar as pessoas a terem bons pensamentos?

Sempre que uma nova descoberta científica é anunciada, pelo menos duas grandes dificuldades a acompanham. A primeira é como reproduzi-la na rotina do dia a dia e a segunda é sobre a certeza ou não de seus efeitos e, se estes forem possíveis, sua durabilidade.

A primeira dificuldade pode ser superada com segurança. Certamente é possível ensinar as pessoas, de maneira geral, e as crianças, de forma específica, a terem bons pensamentos. Essa prática requer a ação de um mediador (que pode ser um professor, mas também pai, mãe, avô ou outra pessoa preparada e interessada) e a disponibilidade de um tempo diário para que esse ensino se concretize. Não existe a certeza sobre quanto deve ser esse tempo (na verdade, trata-se de um momento de abstração, então cabe a quem propõe a atividade dimensioná-lo de acordo com o seu critério), mas há a sensação que de que o período de 10 a 30 minutos é suficiente, durante três a quatro vezes por semana. De certa forma, ensinar uma pessoa a ter bons pensamentos equivale a ensiná-la a degustar um doce ou um sorvete: o tempo de ensino pode ser breve, desde que a prática constante da ação o exercite.

A certeza sobre seus efeitos é bem mais diáfana. Podemos ensinar bons pensamentos, mas se a televisão, o cinema, as leituras, alguns amigos e muitos adultos demonstram o oposto e, intencionalmente ou não, propagam e mostram ações pérfidas, é impossível acreditar que o cérebro acolha apenas o bom trabalho. Talvez, a forma mais correta de se aferir esses efeitos é acompanhar a reação do aprendiz e sua ação, observando por meio de seus atos e ações o efeito positivo ou não da educação de seus pensamentos. Outra forma de se avaliar o trabalho de ensino é comparar as pessoas que estão aprendendo a pensar, com outras de igual idade e grupo cultural similar e, dessa forma, verificar se são positivos os efeitos do trabalho resolvido. Não nos conforta a ilusão de que, se ensinar bons pensamentos de nada adianta, mal também não faz.

Acreditamos firmemente nessa nova e auspiciosa pedagogia e sabemos que é imprescindível, ainda que admitindo a força de ensinamentos contrários, intencionais ou não, que bombardeiam principalmente a mente infantil, com demonstrações de agressividade e medo, consumismo e desperdício, assassinato e sequestro, mentira e corrupção.

Se viver nos tempos atuais nos torna inertes contra a poderosa ação midiática de maus pensamentos, que ao menos nos sobre a esperança de que podemos ajudar a mudar. Mas boas intenções não são suficientes e, por essa razão, este pequeno livro está propondo os caminhos para essa ajuda.

Capítulo IV
É possível montar na escola uma oficina de pensamentos?

Uma "oficina de pensamentos" pode existir em qualquer escola do país, ricas ou pobres, particulares ou públicas. O mais correto seria afirmar que no Brasil, a exemplo do que ocorre em muitos outros países, já existem oficinas de pensamento, ainda que na maior parte das vezes de maneira informal.

Pode não existir uma sala ou espaço específico para essa finalidade, ou não ocorrer "aulas" ou momentos destinados a esse ensino, mas, muitas vezes, salas de aula convencionais se transformam em verdadeiras oficinas de pensamentos quando ocupadas por uma professora ou um professor desafiador. Uma aula pode ser uma monótona e cansativa exposição de fatos e teorias que os livros e a Internet repetem com bem mais propriedade, mas, em certas situações, esse espaço se transforma quando o professor usa os fatos e os saberes para propor pensamentos, sugerir caminhos, inventar e acalentar ideias ousadas. Qualquer filme exibido aos alunos pode ser uma exposição de cenas, mas estas se transformam em pensamentos criativos quando os alunos são desafiados a produzir associações, criar argumentações, inventar proposições.

Mas, ainda que houvesse a inabalável certeza de que em todas as escolas e em todos os níveis houvesse professores com essas prerrogativas, continuaríamos defendendo com ardor a criação de um espaço específico, ocupado por um educador preparado, que num momento claramente definido e dentro dos limites temporais já citados, pudesse provocar pensamentos e, especificamente, bons pensamentos.

A existência formal de uma oficina de pensamentos não interviria diretamente nas aulas magistrais de um ou mais professores desafiadores e, mais ainda, fortaleceria mentalmente os alunos para aproveitarem melhor esse tipo de aula. O problema que essa oficina poderia causar atingiria por certo os "outros" professores, uma vez que não é fácil entupir de informações mentes que estão sendo abertas para elaborar conhecimentos e assumir ideias.

Os custos para a criação desse espaço seriam irrelevantes, uma vez que aulas para ensinar bons pensamentos não precisariam de aparelhos específicos ou recursos suntuosos. Um "grande" professor, algumas poucas carteiras, eventualmente o uso de um DVD e uma ou duas aulas semanais seria suficiente. Como destacamos que o tempo necessário para essas atividades seria de 10 a 15 minutos diários, esse período poderia ser aglutinado em uma aula semanal, ou até mesmo no máximo duas aulas, isso após verificar o sensível progresso mental dos alunos.

Entra nesse contexto uma questão relevante. Qual a faixa etária dos alunos para essa atividade?

A resposta é bem simples, pois, desde o nascimento até o último dia de nossa existência, não paramos de pensar, está claro que em todas as idades pensamos e, assim, todas as idades seriam compatíveis para a frequência à oficina. O que não pode existir é a mesma natureza dos exercícios, pois a expansão da mente e de sua capacidade de percepção requer avanços no treinamento. Nesta obra, de forma específica, estamos sugerindo uma oficina de pensamentos para alunos das séries iniciais do Ensino Fundamental.

Capítulo V
Pode-se fazer em casa uma oficina de pensamentos?

Seria desejável que em todas as casas houvesse uma oficina de pensamentos, independente de a escola fazê-la ou não. Da mesma forma, como a frequência assídua a uma academia de ginástica ou sala específica para aeróbica e musculação não dispensa uma barra fixa para alguns exercícios em tempo disponível, a presença na escola de uma oficina de pensamentos não excluiria a importância de sua instalação no lar. Sua instalação em casa ajuda e amplia os efeitos do trabalho mental realizado na escola. Mais ainda, se há omissão na escola, é ainda mais pertinente e essencial sua criação no lar.

Em casa, essa oficina não necessitaria de espaço específico, mas seria importante a formalização de um tempo destinado a essas atividades.

O ideal seria combinar com os filhos que todos os dias (ou todas as noites), por 10 a 15 minutos, estaria implantada a "Hora de Bem Pensar", ou ainda, caso se prefira, um "Momento de Fantasia", quando um mediador (pai, mãe, os dois, irmão mais velho ou outra pessoa preparada) desenvolveria os exercícios e estimulasse formas diferentes de reflexão.

No capítulo seguinte será discutido se os bons efeitos podem ou não conduzir a boas ações, mas independente de possíveis e prováveis resultados dessa estimulação sistemática, os poucos minutos dessa ação cotidiana aproximariam pessoas que se amam e, envolvendo-as em um mesmo ato, solidificariam sentimentos de empatia e afeto.

Capítulo VI
Será que bons pensamentos conduzem a boas ações?

Essa questão, parece-nos, já foi respondida. Ensinar uma pessoa a pensar é muito diferente de ensiná-la a andar de patins. Ao ensinar a andar de patins, ensina-se um "procedimento" e, dessa forma, a avaliação dos resultados é clara, transparente, indiscutível. A pessoa aprende ou não aprende e, se não aprende, nada mais se tem a fazer do que repetir os exercícios até a plenitude de sua significação. Ensinar uma operação matemática ou a dominar o vocabulário de uma língua estrangeira está mais para o ensino do uso de patins que o ensino de pensamentos. Não é difícil aferir a aprendizagem da operação matemática (basta atribuir-se um exercício diferente, mas que siga as mesmas regras) e nem mesmo do ensino de uma língua estrangeira, pois o reflexo da qualidade da aprendizagem é de clara expressão. Não ocorre nada parecido quando se ensina a pensar.

Os aparelhos que permitem observar um cérebro vivo em ação não estão disponíveis no lar e na escola e, dessa forma, não existe "termômetro" ou outro artefato eficiente para a constatação dos resultados. Mas, ainda que isso fosse possível, a questão do título não estaria respondida.

Mesmo sabendo que se aprende a ter bons pensamentos, não há meios de se saber se estes conduzem a boas ações. Não há meios, mas existem indícios.

Mesmo em casos anômalos e situações psicopatas, uma má ação (assassinato, estupro, pedofilia e toda uma série de violências insensíveis contra o outro) é sempre produto de um mau pensamento e, ainda que muitas vezes, o temor da repreensão, a formação ética, o escrúpulo social ou o medo de ser apanhado impeça que maus pensamentos se transformem em más ações, é lícito acreditar que bons pensamentos podem conduzir a boas ações ou, na menos expressiva das hipóteses, bons sentimentos.

O que, convenhamos, já é significativo consolo para tão pequeno investimento em tempo e aprendizagem.

Capítulo VII
Existe uma maneira de avaliar a evolução na capacidade de pensar?

Uma pessoa que aprende a pensar transforma-se de maneira inefável.

Um pensador que avança em suas reflexões e chega a meditar é sempre alguém que não se confunde com outras pessoas que pensam, mas não refletem sobre seus pensamentos. Além de diferenças estruturais no cérebro, pois como se viu a mente muda a carne, os grandes pensadores, místicos ou agnósticos sempre se diferenciavam das pessoas comuns. Portanto, é perceptível a ideia de que evoluímos, e muito, na capacidade de pensar. Uma primeira sessão da oficina de pensamentos na escola, ou em casa, difere muito quando comparamos esses mesmos alunos ou filhos após algumas sessões.

O que dificulta avaliar a evolução da capacidade de pensar, sobretudo para os professores, é imaginar que esse ato é similar à avaliação convencional de saberes escolares. Não é difícil se aplicar uma boa prova e assim verificar padrões e estilos de aprendizagem nos alunos, mas é impossível imaginar viável a aplicação de provas ou outros instrumentos de aferição de resultados para a progressão na capacidade de pensar.

Não julgamos qualquer tipo de avaliação necessária. Quando aprendemos procedimentos para uma vida corporal saudável, não são necessários provas ou testes que quantifiquem esses resultados. Se a saúde é a meta, é importante que possamos buscá-la sem nos preocupar com escores. O mesmo deve valer para a mente. Quando descobrimos meios e procedimentos para uma melhor saúde mental, as quantificações são irrelevantes e o progresso é essencial.

Capítulo VIII
Quantos tipos de pensamentos existem?

Pergunte a um professor de Educação Física quantas maneiras diferentes existem para alongarmos nossos braços ou pernas e, dessa forma, torná-los mais flexíveis e elásticos. Certamente, a resposta será "muitas". Da mesma maneira como existem formas diferentes de se exercitar os músculos, existem formas diferentes de estimular neurônios e exercitar pensamentos.

Nomear as diferentes formas de alongar braços e pernas é importante porque impõe uma diferenciação e ajuda a nos lembrar de fazer todos. Se não temos ao nosso lado esse professor, uma anotação sobre os tipos de alongamentos nos garante a certeza de que nenhum será esquecido, ainda que não se faça obrigatoriamente todos da mesma vez. O mesmo ocorre com os tipos de pensamentos.

Afirmamos que estamos pensando quando realizamos múltiplos processos que tendem a combinar ideias, conceitos, sentimentos, fatos ou situações. Essa explicação sobre pensamento permite registrar que existe expressiva diversidade de processos de pensar.

Se penso, por exemplo, em um crime cuja informação do noticiário da TV me abalou, busco em meu cérebro ideias, convicções, conhecimentos, experiências, leituras e medos que estão relacionados à notícia e seu impacto sobre minha existência. Em verdade, estou organizando mentalmente informações diversas que sejam coerentes a mim e aplicando-as a habilidades operatórias diversas. Muitas vezes, ao pensar, comparo, classifico, organizo dados, suponho, imagino, formulo hipóteses, interpreto e, assim, caminho com minhas ideias, guiadas pelas habilidades com as quais as manejo.

O espaço social da sala de aula ou os lugares onde se reúnem pais, mães e filhos representam locais e momentos extremamente significativos para que se desenvolva o pensamento crítico, além do pensamento construtivo e o pensamento criativo. Não é evidente, como as formas de pensar que se excluem, mas ao contrário, que devem se complementar. Uma importante tarefa de todo mediador é nomear as formas de pensamento, não apenas como quem busca rotineira classificação, mas como alguém que desperta no ouvinte a consciência entre essas diferentes maneiras de se construir associações. Sempre será de grande validade a intervenção do mediador em um debate, solicitando do ouvinte formas diferentes de seus pensamentos.

Pensar criticamente significa julgar as ideias, levando em conta, de forma mais imparcial possível, seus aspectos negativos e positivos. O pensamento construtivo envolve a organização de ideias com uma finalidade ou meta, com clara disposição de se chegar a uma conclusão e, dessa forma, construir uma ou muitas alternativas, e o pensamento criativo invade as esferas da imaginação, da poesia e do sonho que ora se soltam e ora se amarram às metas propostas.

Ainda uma vez, é importante relacionar a nomeação dos tipos de pensamento a uma ação e, por esse motivo, sugerimos que pense nos desafios que abaixo propomos.

1. Pense que as férias chegaram e que, entre muitas outras coisas, você necessita dar prioridade a quatro itens. Quais seriam eles?

Esse tipo de pensamento é conhecido como *Pensamento Finalizador.*

2. Pense que você deseja mudar para uma nova casa, o preço da compra é alto e suas reservas não bastam para a aquisição. Mas, como você pode, com grande economia, aumentar suas reservas, pense como poderia fazer sobrar alguma economia a cada mês.

Esse tipo de pensamento é conhecido como *Pensamento Realista.*

3. Pense que emagrecer (ou engordar) dois quilos no próximo mês não é tarefa fácil, mas você já sabe o que terá de fazer. Pense nas providências e "sacrifícios" que fará.

Esse tipo de pensamento é conhecido como *Pensamento Perseverante*.

4. Pense no último filme (pode ser um capítulo de novela) assistido e tente recompor as cenas, da primeira à última.

Esse tipo de pensamento é conhecido como *Pensamento Elaborador*.

5. Pense nas coisas que fará amanhã, começando pelas primeiras horas do dia até o anoitecer.

Esse tipo de pensamento é conhecido como *Pensamento de Produção* ou *Coerente*.

É evidente que essa não é a única classificação plausível para tipos de pensamentos. Existem especialistas que destacam ainda pensamentos intuitivos e outros falam ainda em pensamentos estratégicos. Não nos parece importante uma exaustão classificatória, mas é importante que os desafios propostos envolvam, pelo menos, os cinco tipos essenciais expostos.

Agora, faça uma experiência final. Leia a pequena história e depois busque pensar nela, tomando como referência os cinco desafios propostos.

Um senhor chamado Soichiro investiu todas as suas reservas em uma pequena oficina para desenvolver uma invenção. Seu trabalho foi tão grande que ele precisou passar a dormir entre as ferramentas. Ao apresentar sua invenção a uma grande empresa, ela foi rejeitada com o argumento de que não alcançava o padrão de qualidade necessário. Soichiro não desistiu.

Voltou à oficina e dedicou-se por muito tempo, a fundo. Seu projeto foi finalmente aprovado, mas, antes da sua fabricação, veio a guerra e sua pequena fábrica foi bombardeada. Com tenacidade, Soichiro reconstruiu a fábrica tijolo por tijolo e apresentou sua ideia para milhares de pessoas.

Alguns apoiaram sua iniciativa, adiantando o dinheiro necessário para a nova fábrica, que cresceu e expandiu-se pelo mundo inteiro. Hoje essa fábrica é uma das maiores do mundo e a persistência de Soichiro Honda transformou sua pequena oficina na Honda Corporation, um dos grandes impérios mundiais da indústria automobilística japonesa.

1. Pense, qual elemento da história de Soichiro Honda seria útil para você nos seus planos para os próximos cinco anos?

2. Quais os obstáculos que acredita serem os maiores para que você possa se tornar uma pessoa tão persistente quanto Soichiro Honda?

3. Tomando como referência a bela lição de vida de Soichiro Honda, quais ideias você sugeriria a algumas pessoas para que pudessem materializar sua perseverança e assim concretizar seus sonhos?

4. Você pensa ajudar um amigo a superar um desafio que o preocupa e resolve relacionar uma série de ações para que essa superação ocorra. Quais seriam essas ações, da primeira à última?

5. Pense em uma situação de sua vida na qual foi colocada à prova sua capacidade de persistência.

Com este exemplo, pensamos fechar as linhas que devem estruturar uma oficina de pensamentos a ser implantada na escola e também no lar.

Observe que, por alguns minutos, a história de Soichiro Honda o fez pensar. Imagine agora uma porção de histórias (além de lendas, notícias, anedotas, contos, parábolas), a provocação de perguntas intrigantes e um mediador que oriente uma discussão e você teria a estrutura essencial para uma oficina de pensamentos. Buscando-se uma síntese das linhas sugeridas, seria possível concluir enfatizando:

1. Sabemos que é possível estimular pensamentos e a proposição de desafios inteligentes representa a essência dessa proposta.

2. Sabemos que a mente pode transformar o cérebro e que pensamentos elaborados ou meditações profundas são instrumentos para essa transformação.

3. Sabemos, por experiências próprias, que podemos provocar em nós mesmos e nos outros bons e maus pensamentos.

4. Sabemos que a provocação de pensamentos se dá por meio de estímulos e que perguntas desafiadoras que não exigem resposta única são importantes estímulos mentais.

5. Sabemos que é extremamente simples montar em uma escola ou em um lar uma oficina de pensamentos e sabemos o efeito extremamente positivo desse trabalho.

6. Sabemos que toda má ação é ocasionada por um ou muitos maus pensamentos e podemos deduzir que bons pensamentos podem eventualmente propiciar boas ações.

7. Sabemos que não se pode avaliar a progressão da capacidade de pensar por meio dos instrumentos habituais da avaliação

escolar, mas que existem novos conceitos sobre avaliação significativa e que se aplicam à avaliação de pensamentos.

8. Sabemos que existem diferentes tipos de pensamento e que é interessante propô-los, instigando ações cerebrais diferenciadas.

9. Sabemos que o estímulo inicial para a proposição de diferentes tipos de pensamentos pode ser provocado por uma boa história, lenda, notícia ou informação e que estas instigam fluxos neuronais quando são acompanhadas de questões e propostas desafiadoras.

10. Não é difícil exercitar pensamentos, ainda que a educação de pensamentos não possa dispensar a ajuda de um mediador convenientemente preparado e que disponha de tempo para sua ação.

Sabemos também que não é fácil mudar a rotina e que é extremamente difícil buscar a coragem para a ousadia de um novo fazer, que os estudos sobre a mente humana trouxeram modelos admiráveis de uma pedagogia centrada na educação de pensamentos, mas que a implementação dessa nova maneira de pensar a escola e a família implica na quebra de paradigmas e no destemor de um novo caminhar. Bem poucos são os que ousam mudar a rotina, assumir um novo fazer, quebrar paradigmas e buscar um novo caminhar.

Sabemos das dificuldades, mas acreditamos na esperança.

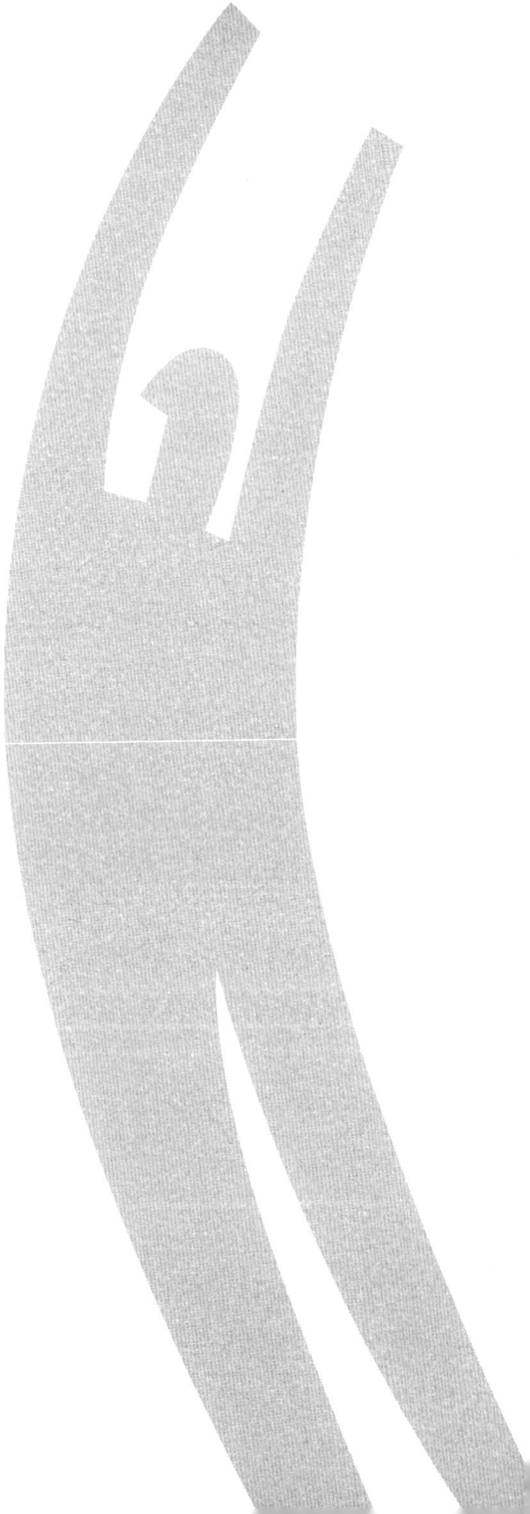

Capítulo IX
Vamos fazer um teste para observar os pensamentos?

Pense, por alguns segundos, em uma pessoa que ama muito.

Sentando-se em uma sala confortável, emoldurada pelo enlevo de doce silêncio, feche seus olhos e relembre uma cena marcante de sua vida, em uma época distante. Imediatamente, uma imagem se estrutura em suas lembranças, talvez envolvendo pessoas que já não mais estão entre nós ou mesmo edificações que, há muitos anos, foram demolidas.

Em um intervalo de tempo extremamente curto, bilhões de células em seu cérebro, que por muito tempo armazenaram essas imagens, puderam trazê-las de volta. Caso você tenha demonstrado a capacidade de se abstrair de outras ideias e tenha podido concentrar-se nesse pensamento, você incandesceu milhões de neurônios em uníssono. Ao iniciar essa aventura do pensar, um neurônio excitou seus vizinhos e estes, por sua vez, deflagraram outros, produzindo um padrão de atividades complexas e admiráveis. Você não sentiu nada, e alguém que o observasse nesses segundos o imaginaria em estado de ócio, mas uma varredura cerebral observada em um aparelho de ressonância magnética funcional mostraria uma sucessão vertiginosa de atividade em transformação e, isso tudo, em um único pensamento.

Como isso é possível? De que forma essa espantosa possibilidade se concretizou?

Cada percepção que seu cérebro recebe de seus olhos, ouvidos e seus nervos provoca turbilhões de movimentos, muitos dos quais são rapidamente esquecidos se não fixados na memória. Toda impressão fugaz faz brotar pensamentos e é registrada por um instante até que, sendo pouco importante para sua sobrevivência, será esquecida. Pequenas explosões são produzidas a todo momento por sua mente à medida que o cérebro reage a estímulos externos. Essa verdadeira "fome" por informações e estímulos é uma das propriedades fundamentais do cérebro humano e se reflete em nossas reações mais comuns.

Essa é, em palavras simples, a base essencial dos estímulos para ensinar a pensar.

Já existem atualmente alguns aparelhos que "leem" o pensamento pela medição do fluxo sanguíneo e dos impulsos elétricos (e suas transformações químicas) que trafegam pelos neurônios. Drogas especiais já conseguem congelar alguns tipos de atividades cerebrais em ratos, de tal forma que os pesquisadores possam dissecá-los e identificar como as atividades foram processadas. Técnicas avançadas de microbiologia já podem analisar estruturas microscópicas dos neurônios e seus dendritos e, portanto, o ensino já pode se beneficiar de algumas certezas incontestáveis, enquanto no pensamento, seus processos e formas de pensar já apresentam algumas ressonâncias.

Pense, por alguns segundos, em uma pessoa que ama muito.

Essa frase, no início deste capítulo, foi uma provocação, um desafio, um estímulo. O que buscamos neste breve capítulo é promover novas provocações, novos desafios, outros estímulos. Você não verá seu cérebro pensando e quem quer que o veja o imaginará em estado de ócio, mas uma varredura cerebral mostraria uma sucessão colossal de atividades. Experimente senti-las.

Feche os olhos e pense nos meses do ano de janeiro a dezembro. Abra os olhos. Você deve ter gastado para essa tarefa, mais ou menos, 5 segundos.

Feche os olhos e agora pense outra vez nos meses do ano, mas agora de trás para a frente. Abra os olhos. Você dessa vez deve ter gastado cerca de 15 segundos. Três vezes mais, para uma informação já registrada em sua memória. Por que o gasto de tempo foi maior? Simplesmente porque no primeiro caso se solicitou a rotina e no segundo não. O cérebro trabalhou mais, gastou mais tempo, envolveu um turbilhão de neurônios muitas vezes maior. Essa é a base para ensinar a pensar.

Pense, por alguns segundos, que ao abrir a porta de seu carro, você é assaltado por alguém que, com uma arma na mão, grita para que saia depressa.

Por mais desagradável que seja esse pensamento, ele excitou sua emoção, arrepiou seus sentimentos. Os sentimentos que possuímos são atos mentais, sensações subjetivas sempre ocasionadas pelas emoções. Um sentimento, dessa forma, é uma percepção, geralmente inconsciente, de um estado do corpo provocado por uma emoção.

Certamente, essa experiência não foi agradável. Ainda que você soubesse que representava apenas uma ficção, colocou constelações de neurônios em ação e viu que estes, ao mexer com sua emoção, não podem impedir alguns sentimentos. Repare que essa experiência desagradável não necessitou que você a vivenciasse, mas tão somente que pensasse nela. Pense agora no tormento que seria uma sucessão interminável de pensamentos ruins, ideias de morte ou abandono, sentimentos de perda e desespero.

O lado mau desse pensamento amargo mostra que pode existir um lado bom. É por isso que um relato simples, mas carinhoso, uma boa fábula plena de belos exemplos, uma metáfora qualquer que acorde lembranças queridas, uma lenda original que nos traga bons sentimentos esquecidos, uma linda cena vista em um vídeo ou uma notícia interessante proporcionam percepções vigorosas. Se essas percepções são seguidas de desafios, de perguntas intrigantes, de fugas da rotina de pensamentos estáticos, essas questões e desafios instigam turbilhões de neurônios e o processo de sua prática vai, de maneira progressiva, mudando a mente e, dessa forma, ensina o cérebro a pensar.

Provocado por um mediador que instiga seus neurônios a agir, você produz uma fala interior e internaliza frases que dão corpo a seus pensamentos. Os pensamentos criativos e o desenvolvimento da linguagem foram a catapulta para o grande salto do hominídeo para o homem.

Descobertas maravilhosas estão, pouco a pouco, consolidando esses singelos e breves exercícios.

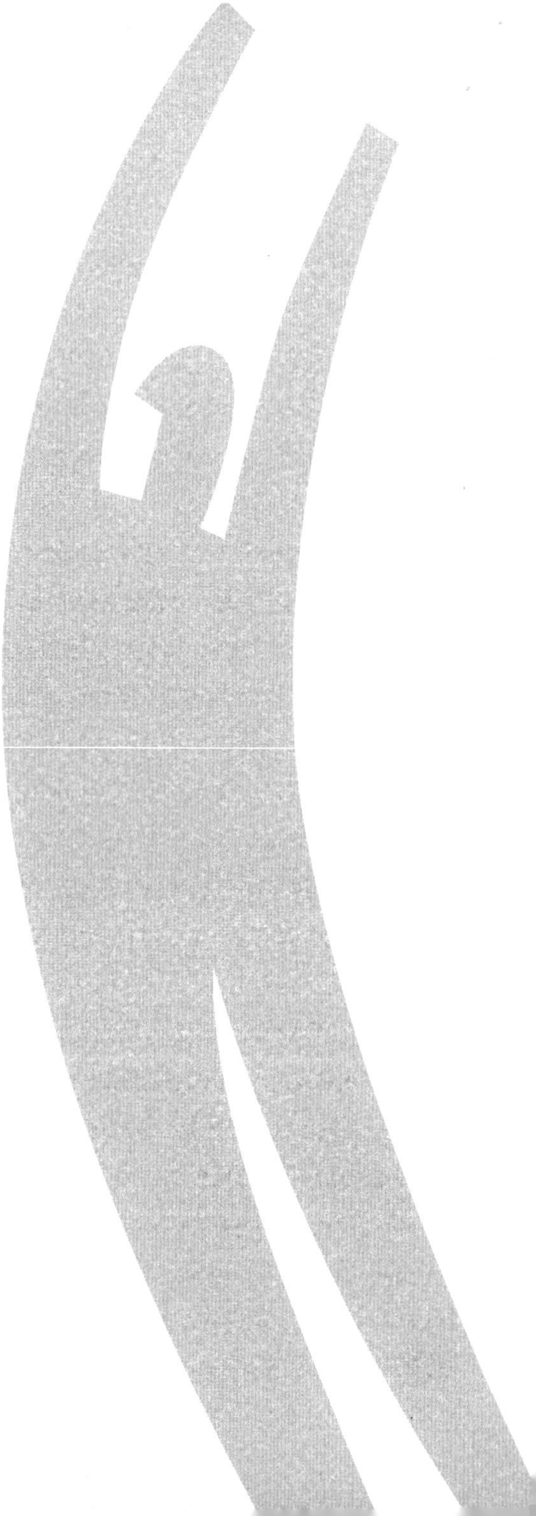

Capítulo X
Como trabalhar em uma oficina de pensamentos?

Se desejarmos ajudar alguém a pensar, é essencial que se procure um tema, um assunto.

Não podemos propor pensamentos sem que existam conteúdos em torno dos quais eles transitam. Em uma possível oficina de pensamentos, no lar ou na escola, percebemos que esses temas devem ser positivos, válidos e íntegros, pois não se pretende apenas ensinar a pensar, mas ensinar bons pensamentos. Chega-se, assim, a dois pressupostos básicos dessa oficina: alguns temas que sejam os mesmos indutores de pensamentos sobre valores. O desejável é que nessa oficina se pense, por exemplo, em honestidade, lealdade, responsabilidade, liberdade, espiritualidade, alegria, amor à verdade, respeito ao outro, ética, coragem, prestatividade, apego à justiça ou ainda outros de igual valor.

Outro fundamento essencial é identificar a faixa etária dos participantes dessa oficina e a duração das atividades de estímulo aos pensamentos.

Acreditamos em um consistente trabalho a partir dos 7 ou 8 anos, quando a criança supostamente liberta-se da fase conhecida como anomia (que restringe a capacidade de seguir regras coletivas), entra na fase da heteronomia e assim apresenta disposição cerebral mais ampla para divagar e pensar sem restrições. Desde essa idade até limites extremos da velhice, a experiência do pensar possui validade, ainda que uma distinção essencial quanto à natureza dos estímulos deva ser considerada a partir dos 12 ou 13 anos.

Quanto à duração das atividades, nessa oficina não existe um limite rígido, mas é essencial que seja de tal maneira curto para que não canse quem está sendo estimulado e nem tão breve que impeça o cérebro de mergulhar de forma intensa nas atividades propostas. Pensamos que esse limite de tempo deve situar-se entre 10 e 30 minutos, três a quatro vezes por semana.

As linhas essenciais do trabalho se apresentam assim definidas:

1. Um espaço físico para a realização da oficina, isto é, um ambiente tranquilo, longe de interrupções inoportunas, com cadeiras ou carteiras suficientes para todos.

2. Um mediador que acredite em seu trabalho e conheça bem os procedimentos necessários. É importante destacar que esse mediador deve se mostrar imune a inevitáveis descréditos que o perseguirão. Seu trabalho, diferente de uma aula desta ou daquela disciplina, não se mostra consagrado por uma tradição educacional e, menos ainda, pelo respaldo de uma forma de avaliação que comprove seus efeitos. Diferente de sessões de alongamento e atividades aeróbicas que permitem aferir a modificação muscular, os resultados positivos de uma oficina de pensamento, como já se aludiu, não permitem a apresentação de resultados concretos e definitivos. Não existe uma balança, uma fita métrica ou termômetro para que se acompanhe a modificação cerebral das crianças ou adolescentes que frequentarem as sessões dessa oficina. A base científica da certeza e eficiência desses procedimentos foi inicialmente trazida, como se viu, por Roger Sperry.

3. Um limite de tempo para essa atividade e que seja o mesmo programado com certa clareza para que as ações propostas ganhem a estrutura de um verdadeiro projeto e não se evi-

dencie como uma ação lúdica, eventualmente praticada.

4. Uma linha temática, isto é, um conjunto de temas em torno dos quais se processem os pensamentos. A atividade começa com a apresentação de um tema ou desafio estruturado em uma pequena história, seguida de intervenções do mediador o qual propõe questões que envolvam formas de pensamentos, jamais para aferir respostas certas ou erradas, mas para instigar o esforço reflexivo e a emersão de pensamentos.

5. O emprego de desafios envolvendo os temas expostos e que explorem diferentes tipos de pensamentos como os de Finalização, Realista, Perseverante, Elaborador e de Produção. Esses desafios, considerando a faixa de idade inicial, devem ser lendas, fábulas, metáforas, histórias ou até mesmo anedotas, trechos de um filme ou uma notícia. Apresentamos na segunda parte deste trabalho uma série de ideias, mas o importante não é considerá-las imprescindíveis. Citadas mais como um exemplo, devem servir de inspiração para que outras se acrescentem a elas, considerando sempre que essas ideias devem ser estimuladas constantemente nos aprendizes.

Com esses elementos, parece nada mais faltar para que a oficina de pensamentos se apresente definida.

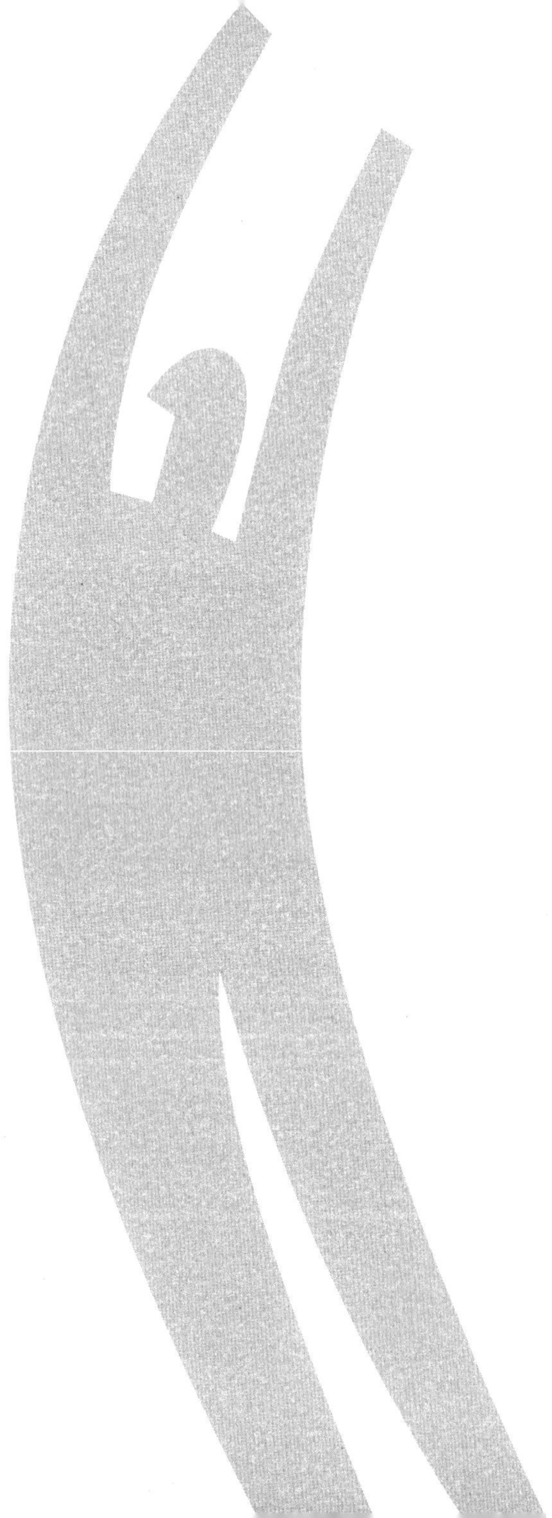

SEGUNDA PARTE
Capítulo I
O que é criatividade?

Quando perguntamos a qualquer pessoa quem é ou não é criativo, raramente ficamos sem resposta. Muitas vezes, não há concordância sobre ela, mas quase todas as pessoas reconhecem com alguma facilidade o amigo, o professor ou o aluno criativo. Mas a facilidade em designar pessoas como criativas não torna fácil conceituar "criatividade", mesmo porque existem diferentes formas de criatividade, tal como existem diferentes tipos de inteligência. Picasso foi extremamente criativo na pintura, ninguém pode negar a Einstein a criatividade na física e não há quem possa superar Charles Chaplin na criatividade dos argumentos. Mesmo quando se traz para a escola e para o lar a ideia de criatividade, ainda assim se percebe pessoas mecanicamente criativas e que diferem de outras que são criativas em seus desenhos, nas histórias que inventam ou até mesmo nos sonhos que ousam sonhar. Assim, não é fácil um conceito indiscutível para "criatividade", tal como não é fácil acreditar que "criatividade é coisa que se aprenda".

Neste capítulo, buscamos generalizar um conceito e tentamos provar que a criatividade, tal como a memória e o pensamento, constituem fundamentos que são aprendidos, capacidades que, com dedicação e esforço contínuo, são conquistadas. Assim, acreditamos que a criatividade é uma capacidade, inerente a toda pessoa, em inventar coisas ou ideias que são socialmente aceitas como válidas ou como interessantes. Outra maneira de se afirmar a mesma coisa com palavras diferentes aponta a criatividade como a capacidade de gerar ideias e maneiras novas de se lidar com desafios e problemas do cotidiano. Um ou outro conceito nos remete a Piaget, que garantia que toda criança, dispondo de bastantes informações sobre algo, sendo desafiada por adultos, tendo sua curiosidade instigada para inventar e que pudesse ser deixada sozinha por certo tempo, criaria ideias e coisas surpreendentes.

Se existem polêmicas e discordâncias sobre a melhor maneira de se conceituar a criatividade, parece ser consenso mundial a certeza de que a criatividade pode ser ensinada, ou melhor dizendo, estimulada. Em países como Estados Unidos, Itália e Japão, entre outros, já se desenvolvem verdadeiros "laboratórios de criatividade" espaços em que a criança ou o adolescente se dedica à tarefa de "criar", quase da mesma forma que em laboratórios de ciências, dedicando-se ao esforço de "descobrir". Nesta sucinta obra, procuramos avançar nessa tentativa e, mesmo que se possa duvidar do sucesso ilimitado da empreitada, não se pode discutir que é absolutamente maravilhosa a aventura dessa tentativa.

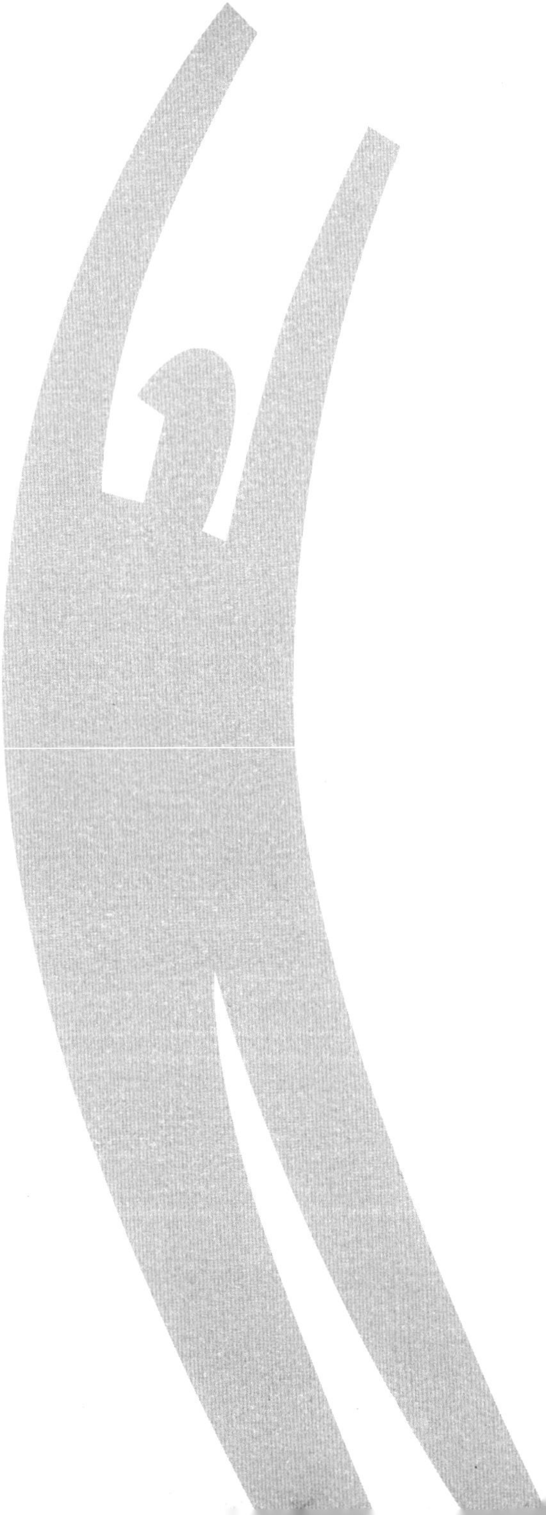

Capítulo II
A criatividade em nosso cotidiano

Existe uma certeza sobre a criatividade humana que representa unanimidade. A criação é produto cerebral e, dessa maneira, a melhor forma de buscar estimulá-la é ativar neurônios, sobretudo do córtex pré-frontal. É essa a parte da mente que controla a capacidade de organizar diferentes tipos de pensamentos e de planejar o que é possível se fazer com eles. Para ativar esses neurônios, algumas ações são essenciais e, quem as provoca, não precisa, obrigatoriamente, ser uma pessoa criativa. Sócrates, há milênios, já lembrava que a pedra que afia a faca não é útil para cortar as coisas que a faca corta.

E quais são essas ações?

1. Colocar-se diante da criança ou do adolescente, tanto no lar

como na escola, como um desafiador que instiga a busca, anima a procura e sugere mudanças.

1. Ajudar a criança e o adolescente a possuir o maior número de informações possível e sobre o tema ou conteúdo sobre os quais se instiga a criação. Não se pode esperar um texto criativo de quem não possui muitos textos disponíveis, assim como não se pode esperar criatividade do drible, se não se propicia a oportunidade de aprender com esforço suas estratégias.

2. Cooperar para que crianças e adolescentes percebam metas e objetivos claramente definidos, projetos do que se quer fazer. Ninguém é capaz de criar algo novo se não faz ideia do que sonha e almeja criar.

3. Mostrar às crianças e aos adolescentes a importância de se concentrarem com objetividade nas coisas ou nas tarefas que necessitam executar. A criatividade é inimiga mortal da falta de objetividade, ainda que, às vezes, o pensamento criativo possa surgir tempos após um período de concentração. Pensar com firmeza ajuda muito e, não raro, os frutos dessa firmeza surgem quando já não mais se pensava no que se pensou.

4. Ajudar crianças e adolescentes a se transformarem, aos poucos, em pessoas organizadas. Da mesma forma como existem

momentos para dormir e para acordar, instantes para comer e hora para o banho, é essencial que exista também hora para estudar e – momentos para pensar, instantes essenciais para a reflexão.

5. Finalmente, é essencial que a criança e o adolescente esvaziem suas mentes de emoções negativas na hora de se concentrar. Calma, serenidade e tranquilidade não são estágios mentais gratuitos que existem em uns e não existem em outros. Existem, é evidente, pessoas que alcançam a serenidade com mais facilidade que outras, mas todas podem atingir esse estágio, se o praticam com paciência e se esforçam cada dia para alcançá--lo com mais eficácia.

Capítulo III
O que há em comum entre as pessoas criativas?

Existem inúmeras pesquisas que buscam estabelecer paralelos entre pessoas extremamente criativas, independente das áreas em que essa criatividade se manifesta. Essas pesquisas destacam que, com raríssimas exceções, os "gênios" criativos cultivam alguns hábitos comuns. O interessante é que essa ação se caracteriza exatamente como um "hábito" e, portanto, mostra um esforço consciente em busca da criatividade e, dessa forma, distancia-se da ideia de que a criatividade é produto essencialmente genético e, assim, não pode ser cultivado. Esses hábitos, independentemente de idade, sexo, nacionalidade e nível socioeconômico, pertencem às pessoas:

- que buscam em todas as oportunidades observar eventos, fatos e objetos por ângulos diferentes, esforçando-se sempre em ver o que ninguém repara e deter-se em procurar soluções não tentadas. Dedicam-se, dessa forma, em ir um pouco além e perceber o que os demais não percebem;

- extremamente dedicadas em se empenhar nas coisas que gostam de fazer e, apaixonadas por seus objetivos, parecem esquecer o mundo ao redor e, quando se entregam a uma tarefa, são capazes de esquecer que outras coisas existem;

- que gostam muito de falar do que gostam e defendem suas ideias, mesmo quando parecem contrariar normas e princípios vigentes. São, no sentido positivo da palavra, teimosas em buscar o que sonham e concretizar o que pensam;

- extremamente dedicadas e com satisfação trocam alegrias e prazeres típicos da idade pela dedicação e empenho em concretizar as ideias que fluem; e

- que adoram fazer associações de ideias e tentam sempre encaixar seus pensamentos em coisas aparentemente incomuns. Muitas vezes, associam o que pensam ao futebol que assistem, aos romances que leem, quase sem se dar conta de associar suas ideias a acontecimentos que parecem não guardarem relação entre eles.

Capítulo IV
É possível montar na escola uma oficina de criatividade?

Guardando-se as devidas proporções, uma oficina de criatividade lembra um pouco um laboratório de Ciências ou uma oficina eletrônica, isto é, requer um espaço próprio, frequentado pelos alunos em momentos específicos, não mais que 30 ou 40 minutos semanais para cada turma. Da mesma forma como uma quadra para esportes é essencial para a prática de jogos coletivos, também uma oficina (que poderia ter qualquer outro nome) de criatividade exigiria um lugar específico, simples como uma sala com carteiras. O equipamento único e essencial seria representado pelo professor que conhece muito bem as estratégias para ajudar os alunos a desenvolverem seus pensamentos criativos. Como se destacou anteriormente os "laboratórios" de criatividade que existem em escolas pioneiras dos Estados Unidos, Japão e Itália não necessitam de muito mais.

As estratégias que são apresentadas neste texto estão apoiadas em estudos de especialistas na área, entre os quais cabe destacar Mihaly Csikszentmihalyi (isso mesmo), Howard Gardner e David Fontana, e se compõem de cinco ações ou cinco exercícios cerebrais treinados com persistência. Esses exercícios são:

1. PREPARAÇÃO – O estágio inicial começa com a apresentação de determinado desafio que se acredita digno de ser estudado, com intenções de despertar soluções criativas. É importante que nessa fase reúnam-se todas as informações disponíveis sobre o conteúdo do tema que requer respostas criativas. Em poucas palavras, é absolutamente essencial que os alunos e o professor queiram e saibam o que pretendem criar, e a ação docente envolve perguntas intrigantes e propostas desafiadoras, ao lado de fontes e informações disponíveis.

2. INCUBAÇÃO – É uma fase extremamente delicada, em que o professor deve retomar, passo a passo, todas as informações disponíveis, fixar-se nos desafios propostos e ajudar os alunos a libertarem-se de mecanismos conscientes de autocrítica e de autocensura. A incubação corresponde a uma eficiente "tempestade cerebral" e visa buscar no inconsciente de cada aluno ideias que são freadas pela censura ou pelo medo do erro.

3. DEVANEIO – É uma fase breve, mas imprescindível. Embora aparente uma "fuga do assunto", certo desvio da preocupação criativa serve para soltar os pensamentos criativos. Em muitos casos, a incubação é seguida por uma parada rápida, em que se conta uma anedota ou se ouve uma música e, embora os alunos sejam levados a indagar o porquê desse curto "recreio", sua significação equivale mentalmente aos passos que um saltador recua para dar mais força ao pulo.

4. INSPIRAÇÃO – Representa o momento central e mais importante da atividade mental. É o instante em que as ideias novas já começam a fluir em certos alunos e que devem ser apresentadas, sem qualquer crítica ou correção. Esse momento é rápido para alguns, mais lento para outros e existem ainda aqueles em que parece inexistente, mas simboliza um momento involuntário em que o professor deixa falar quem deseja falar, anotando o que se diz por mais incoerente que possam ser essas ideias. A ação docente na fase da inspiração é crucial, uma vez que alguns hesitem em buscar ideias criativas, querendo se refugiar no devaneio, mas, como comandante atento, o professor vai cobrando a ação, solicitando pensamentos.

5. AÇÃO – Representa o momento crucial da estratégia, quando as ideias surgidas vão sendo "peneiradas" pelo crivo da viabilidade. Sem insurgir de maneira autoritária, aplaudindo algumas ideias e vetando outras, o verdadeiro estimulador de criatividade coloca as propostas surgidas em análise e o próprio grupo de alunos participantes qualifica sua validade. Não existem para esse momento a "ideia certa" ou a "ideia errada", mas um esforço crítico e consciente de discutir o que de novo apareceu, que feição assumiu o desafio inicial depois que as mentes dos alunos buscaram respostas. Muitas vezes, não ocorre nenhuma ideia criativa em alguns alunos, mas ao ouvir as que surgiram de seus colegas, fazem associações e como "uma boa ideia sempre puxa outra" esse trabalho cooperativo é fundamental.

Uma eficiente oficina de criatividade afasta-se de qualquer avaliação. Os alunos que participam não se envolvem para receber críticas ou aplausos, mas para colocarem em ação seu cérebro na tentativa de soluções. O aparecimento ou não dessas soluções é sempre irrelevante. Importa menos "descobrir" e vale bem mais o "buscar".

Capítulo V
Pode-se fazer em casa uma oficina de criatividade?

Nada que caracteriza uma oficina de criatividade realizada na escola impede que ela seja feita em casa. Os recursos são os mesmos e a ação mediadora do pai ou da mãe em nada difere da do professor. Se na escola existe a incontestável vantagem de uma coletividade e, assim, mais ideias geram maior criatividade, no lar a oportunidade de dispersão é menor e o receio da crítica, mais brando. O que de forma alguma pode estar ausente em uma oficina de criatividade doméstica é a segurança e a firmeza de quem conduz as cinco etapas do exercício. Se faltar credibilidade em quem realiza esses atos, faltará credibilidade a quem cabe cumpri-los e, portanto, é inútil pensar que a atividade proposta é singela "brincadeira" e que fazê-la ou não constitui alternativa para quando se tem vontade. Outra importante reflexão sobre os exercícios, e esta vale tanto para o lar quanto para a escola, é considerar que, **muitas vezes, a ideia criativa não emerge durante a ação**

proposta e, dessa forma, algum tempo depois, quando se pensa que não há mais reflexão sobre os desafios, a solução aparece.

Nessa circunstância, é sempre válido parar o que se está fazendo e registrar as ideias com algumas palavras. Muitas vezes, para muitos gênios criativos, a "solução" que parecia impossível de ser encontrada acabou aparecendo de forma abrupta em horas inesperadas, quando se passeava, lia um livro ou se assistia a um programa de televisão.

O cérebro humano constitui parte quase independente de nossas ações corporais. Pensa quando quer pensar, inventa e cria quando resolve fazê-lo. Nem por isso, entretanto, diminui-se o valor da oficina. As etapas que lá se cumprem representam um verdadeiro alimento para os neurônios, que são consumidos, independente de nosso desejo de que ocorra nesta ou naquela hora.

Capítulo VI
Existe uma maneira de avaliar a evolução da criatividade?

A resposta a essa questão pode ser, dependendo do ângulo em que é analisada, negativa ou positiva. É negativa no sentido de que não se conhece medida ou instrumento que possa quantificar o potencial de criatividade. É fácil perceber em nossos alunos e filhos os mais ou os menos criativos, mas não se pode conceber algo como uma fita métrica ou uma balança capaz de dizer o quanto dessa criatividade é maior ou menor que outra comparada a ela. Por outro lado, a questão pode originar uma resposta positiva, quando buscamos com extrema atenção e cuidado comparar uma criança ou um adolescente consigo mesmo, antes e depois de iniciado um programa oficina de criatividade. Na maior parte das vezes, a própria criança identifica sua evolução. De qualquer forma, apresentamos a seguir uma série interessante de exercícios de criatividade que podem e devem ser utilizados de tempos em tempos, anotando-se ou gravando-se os resultados, para que seja possível a comparação da evolução sem nunca esquecer que existem diferentes padrões de criatividade.

Assim, muitas vezes, a evolução na criatividade verbal, por exemplo, é diferente da que apresenta a criatividade pictográfica, espacial, motora, etc.

1. Apresente uma série de palavras escolhidas de maneira aleatória (barraco, pensão, mortadela, caiaque, buraco, planta, etc.) propondo pensamentos no sentido de darem a cada uma delas significados diferentes. Por exemplo, a palavra "barraco" serve para designar uma acomodação, pode ser uma discussão, pode ser nome de um prato, e assim por diante.

2. Apresente uma série de palavras que designem objetos ou equipamentos e proponha que em um prazo determinado – de 5 a 8 minutos, por exemplo – escrevam diferentes tipos de uso que podem ser atribuídos a esses objetos. Por exemplo, o objeto "tijolo" pode ser usado para construir casas, pode ser uma ferramenta que substitui o martelo, pode ser uma arma de defesa, e assim por diante.

3. Proponha uma série de situações imprevistas, mas possíveis, e busque alternativas para solucionar o problema. Por exemplo,

entrar em casa quando se esqueceu a chave, manter uma festa quando a luz acaba, avaliar a altura de um prédio sem uma trena, entre outros.

4. Apresente uma folha contendo uma porção de círculos vazados ou linhas e solicite que sejam transformados em objetos reconhecíveis. Por exemplo, fazer dos círculos balões de festas, caras, frutas, etc.

5. Para crianças menores, estimule sempre o desenho livre. Não a force a desenhar isto ou aquilo, mas tenha extrema paciência para ouvi-la narrar o que descreveu. Grave seu relato ou faça uma síntese no verso dos desenhos.

6. Estimule a criança a usar sua imaginação inventando brinquedos. A alta tecnologia e o avanço eletrônico roubaram das crianças a oportunidade de usar a criatividade, assim, é importante que possam dispor de latas, garrafas plásticas, bolinhas diversas, elásticos, caixas vazias, retalhos e outras sucatas para construir seus próprios brinquedos.

7. Conte anedotas infantis ou fábulas, que levem a criança a pensar para descobrir o sentido, dessa maneira, o raciocínio lógico dela é instigado. Rir de uma pequena anedota ou buscar sentido moral em uma simples fábula são exercícios interessantes de estímulos à criatividade.

8. Jogue com a criança, em todas as oportunidades possíveis, a brincadeira do "é e não é", propondo o que mais podem ser as coisas que veem além da finalidade real. Por exemplo: "O que é um poste?", "O que poderia ser o poste?", "O que jamais um poste poderia ser?". Ou ainda: "Vamos pensar em todas as coisas que podem ser vermelhas?" Uma alternativa desse criativo jogo verbal é o "igual e diferente", em que se desafia a criança a narrar o que existe de "igual" e o que existe de "diferente" entre um macaco e uma arara, entre uma trave de campo de futebol e uma casa, e uma série de outros exemplos.

Ao encerrar essas considerações, torna-se importante realçar que, diferente dos músculos dos braços que se tornam progressivamente mais fortes quanto mais repetem os exercícios, a evolução de um cérebro comum, sempre com algum potencial de criatividade, para outro bem mais estimulado e criativo não oferece parâmetros nítidos que podem ser medidos com precisão. Dessa maneira, estimular a criatividade não apresenta uma meta definitiva como a linha de chegada em uma corrida na qual todos devem alcançar, mas, ao contrário, uma proposta persistente e sistemática de desafios, de estímulos, de pensamentos incomuns.

Ser uma pessoa criativa não representa, ao nosso ver, uma missão específica e nem mesmo alguma forma de Enem ou vestibular, mas uma maravilhosa oportunidade de fazer de uma criança ou de um adolescente comum e rotineiro, alguém com mais alegria de viver e com confiança de que a aventura de pensar será sempre fascinante.

Sugestões de leitura e aprofundamento

ANTUNES, Celso. *O lado direito do cérebro e sua exploração em aula*. Fascículo 5 da Coleção "Na Sala de Aula". Petrópolis: Vozes, 2001.

_____. A memória. *Como estudos sobre o funcionamento da mente nos ajudam a melhorá-la*. Fascículo 6 da Coleção "Na Sala de Aula". Petrópolis: Vozes, 2002.

_____. *A criatividade na sala de aula*. Fascículo 14 da Coleção "Na Sala de Aula". Petrópolis: Vozes, 2003.

BODEN, Margaret, A. *A dimensão da criatividade*. Porto Alegre: Artmed, 1998.

BONO, Edward de. *O pensamento lateral – Aumente sua criatividade desenvolvendo e explorando o raciocínio lateral*. Rio de Janeiro: Record, 1955.

CSIKSZENNTMIHALYI, Mihaly. *A descoberta do fluxo*. Rio de Janeiro: Rocco, 1999.

DAMÁSIO, António. *O erro de Descartes*. 3ª Reimpressão. São Paulo: Companhia das Letras, 1998.

DEL NERO, Henrique S. *O sítio da mente*. São Paulo: Colegium Cognitio, 1997.

GARDNER, Howard. *Mentes que criam*. Porto Alegre: Artes Médicas, 1996.

LEDOUX, Joseph. *O cérebro emocional*. Rio de Janeiro: Objetiva, 1998.

PINKER, Steven. *Como a mente funciona*. São Paulo: Companhia das Letras, 1998.

_____. *Do que é feito o pensamento*. São Paulo: Companhia das Letras, 2008.

VASCONCELOS, Mário Sérgio (org). *Criatividade. Psicologia, Educação e conhecimento do novo*. São Paulo: Moderna, 2001.

CONHEÇA TAMBÉM:

- Celso Antunes — *Como desenvolver projetos*
- Celso Antunes — *Como fomentar a amizade em sala de aula*
- Celso Antunes — *Os jogos e a Educação Infantil*

Anotações

Anotações

Anotações

Impressão e Acabamento

Prol